王国安先生捐赠黄河奇石集

黄河博物馆 编

黄河水利出版社

图书在版编目(CIP)数据

王国安先生捐赠黄河奇石集 / 黄河博物馆编. —— 郑州：
黄河水利出版社，2012.9
ISBN 978 - 7 - 5509 - 0334 - 0

Ⅰ.①王…　Ⅱ.①黄…　Ⅲ.①石—鉴赏—中国—图集
Ⅳ.①TS933-64

中国版本图书馆CIP数据核字(2012)第191879号

出　版　社：黄河水利出版社
　　　　　　地址：河南省郑州市顺河路黄委会综合楼14层　邮政编码：450003
发 行 单 位：黄河水利出版社
　　　　　　发行部电话：0371 - 66026940、66020550、66028024、66022620(传真)
　　　　　　E-mail：hhslcbs@126.com
承 印 单 位：河南省瑞光印务股份有限公司
开　　　本：889 mm×1 194 mm　1 / 16
印　　　张：8.25
字　　　数：121千字　　　　　　　　　　　印　　　数：1—1 500
版　　　次：2012年9月第1版　　　　　　　印　　　次：2012年9月第1次印刷

定　　　价：60.00元

凝聚岁月变迁
浓缩文化精华
彰显赤子之心
情系黄河母亲

寿嘉华
2012.8.16

中国观赏石协会会长、国土资源部原副部长寿嘉华题词

国安向黄河博物馆捐赠黄河石有感

奇人献奇石

德高品德高

徐福龄敬贺 时年九十八岁

百岁老人、著名治黄专家徐福龄题词

黄河赤子情意深
捐献奇石表真心

卫祉

2012.8.18

中国观赏石协会副会长、河南省观赏石协会会长、河南省国土资源厅原厅长卫斌题词

题黄河奇石

奇石峥嵘泛宝光，

几经磨洗历沧桑。

风侵浪击留痕迹，

见证中华世代昌。

　　我国资深水文学家王国安高工长期从事黄河流域水文水资源考察与水文分析计算研究，博闻广识，建树颇多。业余尤爱收藏黄河奇石。奇石者，奇形怪状之宝石也，五颜六色，纹理清楚，光亮润滑，观赏性强。它见证了中华民族生息繁衍的沧桑岁月。有鉴于此，王翁将多年所藏奇石，赠送博物馆，旨在丰富黄河文化，一饱观众眼福。美哉，奇石也！贤哉，王翁也！

金陵居士题

2012年8月

著名气象学家、杰出诗人、南京大学大气科学学院八十八岁老教授邹进上题词

2010年8月10日，王国安同志黄河石捐赠仪式在郑州举行。黄河水利委员会主任李国英等出席会议。

捐赠仪式会场。

在捐赠仪式上，黄河水利委员会新闻宣传出版中心向王
国安先生赠送鲜花，祝贺八十寿辰。

在捐赠仪式上，黄河水利委员会新闻宣传出版中心向王
国安先生颁发荣誉证书。

在捐赠仪式上，黄河水利委员会新闻宣传出版中心向王
国安先生赠送汴绣，以作纪念。

李国英、徐乘、郭国顺等领导欣赏王国安先生捐赠的奇石。

王国安先生向李国英等介绍收藏背后的故事。

王国安先生捐赠 黄河奇石集

2010年8月4日，有关专家对王国安先生收藏的奇石进行鉴定。

2010年8月4日，有关专家对王国安先生收藏的奇石进行鉴定。

水利部黄河水利委员会文件

黄人劳〔2010〕40号

关于对王国安同志进行表彰的决定

委属各单位、机关各部门：

　　王国安同志1954年大学毕业后一直从事治黄工作，1991年从黄委设计院退休，是享受国务院特殊津贴的治黄专家。王国安同志在50多年的治黄生涯中，勤勤恳恳，刻苦钻研，在平凡的岗位上做出了不平凡的成绩。1999年出版了92.4万字的研究巨著《可能最大暴雨和洪水计算原理与方法》，得到国际同行的高度赞誉，王国安同志也因此被联合国世界气象组织邀请主持修订了《PMP估算手册》。

　　王国安同志在80岁生日到来之时，主动将其几十年来收藏的235块黄河奇石全部无偿捐赠给黄河博物馆永久收藏，这些黄河奇石图案含人物、动物、山水、日月、星辰、文字等，文化内涵极为丰富，具有很高的观赏和收藏价值，为人们了解黄河文化以及黄河流域的地质演化提供了很好的实物标本。

　　王国安同志退休后，依然心系黄河，心系治黄事业，以极大的热情孜孜不倦地投身研究工作，并取得了骄人的业绩，为黄河的治理开发和管理事业贡献了全部的智慧和才华，经研究，现决定对王国安同

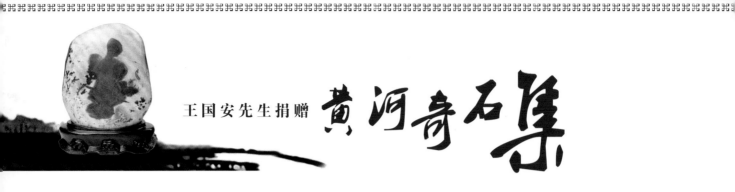

王国安先生捐赠 黄河奇石集

志予以表彰。希望全河在职职工和离退休老同志向王国安同志学习，学习他勇于挑战未知领域、勇攀科学高峰的精神，学习他对治黄事业的无比热爱和不懈追求，学习他的高尚品德和无私情怀，为维持黄河健康生命做出新的更大的贡献！

二〇一〇年八月九日

主题词：表彰　决定

黄河水利委员会办公室　　　　　　　　　　2010年8月9日印制

李国英在王国安同志黄河石捐赠
仪式上的讲话（代序）

各位来宾，同志们：

今天，我们隆重举行王国安同志黄河石捐赠仪式，同时为王国安同志祝贺80寿辰。我谨代表黄委党组，对王国安同志表示最衷心的谢意和最美好的生日祝福！

王国安同志是享受国务院特殊津贴的黄河水文专家。在50余年治河生涯中，他刻苦钻研、孜孜以求、默默奉献，在平凡的工作岗位上做出了不平凡的成绩。尤其是1991年从设计院退休后，他依然保持旺盛的工作热情，矢志不渝地攀登他学术生涯的新的高峰。在长达近10年的时间里，他设定目标，自我加压，乐观向上，毫不懈怠，每天工作十几个小时。1999年，出版了集其一生研究成果、篇幅达92.4万字的宏篇巨制——《可能最大暴雨和洪水计算原理与方法》。因为这一重要成果，他被联合国世界气象组织邀请主持修订了《PMP估算手册》，受到国际同行的高度赞誉，成为站在世界PMP前沿的黄河人。

王国安同志生活俭朴，但精神世界极为丰富，始终注重追求高品位的精神生活。几十年来，利用野外勘察、出差时的工作闲暇，他花费大量精力和财力，收集、收藏黄河石，并成就了较高的奇石鉴赏和收藏造诣。在80寿辰到来之际，王国安同志主动提出将历年精心收藏的235块黄河石全部无偿捐赠给黄河博物馆。

经专家鉴定，王国安同志的捐赠品均为黄河天然卵石类奇石，其中极品奇石17

块，精品奇石190块，佳品奇石28块。这些黄河奇石图案含人物、动物、山水、花鸟、日月、星辰、文字等，千姿百态，栩栩如生，文化内涵丰富，观赏和收藏价值高，为人们了解黄河文化以及黄河流域的地质演化提供了很好的实物标本。

壮心未与年俱老，抖擞精神续风流。王国安同志的举动，体现出对黄河的无限热爱和高尚情怀，令人感佩不已。他的慷慨捐赠，不仅丰富了黄河博物馆的馆藏，能让更多的人从中获得艺术的享受和美的熏陶，而且丰富了黄河精神的内涵，让全河职工从他老有所为、心系黄河的实际行动中受到人生的教益。从这个意义上讲，我们今天接受的不仅是一笔物质财富、艺术财富，更是一笔宝贵的精神财富。

王国安同志的精神值得大力学习和弘扬。希望全河在职职工和离退休职工，积极学习王国安同志的高尚品德和无私情怀，学习他对事业无比热爱的赤心，对黄河未知领域不懈探索的雄心，对生活和美好事物热烈追求的真心，在各个岗位上充分发挥聪明才智，共同把黄河治理开发与管理事业不断推向新的水平！

最后，再次向王国安同志表达敬意和感谢，祝王国安同志健康长寿、松鹤长春！

水利部黄河水利委员会主任

2010年8月10日

≫目 录

大河万古流*

28cm×26cm×12cm

（注：标有*号的都可以双面看，下同）

藏品欣赏

❖ 黄河母亲 ❖

20cm✕26cm✕8cm

王国安先生捐赠 黄河奇石集

人物

（1）正面：伟人M

（2）反面：蒋介石

一石二人

22cm×25cm×12cm

伟人D

15cm×22cm×8cm

伟人遐思

16cm×23cm×10cm

伟人ℓ

22cm×25cm×8cm

哲人问天

19cm×18cm×7cm

久加诺夫

20cm×23cm×9cm

拿破仑

18cm×24cm×9cm

胡志明

16cm×30cm×16cm

王国安先生捐赠 黄河奇石集

鲁迅

28cm×24cm×7cm

艺术家

20cm×32cm×9cm

鲁迅远眺

31cm×19cm×11cm

回家省亲*

40cm × 20cm × 8cm

岳飞

13cm × 21cm × 8cm

孔子释经

21cm × 28cm × 10cm

王国安先生捐赠黄河奇石集

东渡黄河

25cm×21cm×11cm

尊师行礼

17cm×36cm×9cm

大渡桥横铁索寒*

17cm×16cm×8cm

新青年

22cm×38cm×7cm

黄河恋人

21cm×35cm×6cm

刘邦斩蟒

35cm×21cm×9cm

王国安先生捐赠 黄河奇石集

阿拉伯少女
17cm×20cm×10cm

三人行
18cm×20cm×9cm

非洲土著
26cm×20cm×8cm

■ 藏品欣赏

（白）杂耍，（黑）爷爷与孙女
28cm×8cm×13cm

望 眼 欲 穿
18cm×19cm×9cm

祈福
6cm×26cm×10cm

11

王国安先生捐赠 黄河奇石集

伟人观东湖

35cm×24cm×11cm

江姐

14cm×17cm×7cm

少女

20cm×24cm×7cm

仙人抚琴

24cm✕22cm✕7cm

川嫂回娘家

21cm✕20cm✕8cm

关中肥姐舞月下

22cm✕26cm✕7cm

巨人观瀑

24cm×21cm×9cm

外星人

16cm×18cm×7cm

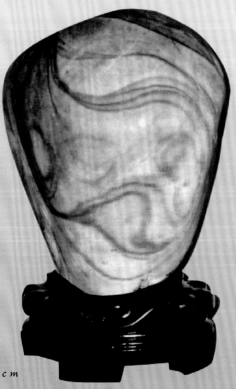

希 特 勒

22cm×27cm×15cm

黄河母亲

28cm×23cm×9cm

笑娃

23cm×26cm×11cm

丑娃

21cm×16cm×8cm

伊丽莎白

26cm×30cm×8cm

敦煌飞天

28cm×24cm×9cm

尼雷尔

21cm×17cm×6cm

武后观山

16cm×16cm×8cm

牛郎织女

24cm×18cm×8cm

关羽

16cm×16cm×8cm

少女与骆驼

22cm×18cm×8cm

克林顿

20cm×26cm×8cm

赫鲁晓夫

18cm×24cm×8cm

刘关张结义

27cm×26cm×9cm

三人行必有我师

23cm×21cm×8cm

孔明与张飞

30cm×23cm×10cm

李白乘舟将欲行

17cm×16cm×9cm

秦儿观山

32cm×23cm×8cm

伟人游江

24cm×27cm×20cm

翩翩起舞*

29cm×27cm×10cm

秦人黄昏恋

23cm×19cm×7cm

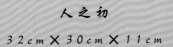

人之初

32cm×30cm×11cm

美猴王

18cm✕25cm✕9cm

悟空与八戒

21cm✕16cm✕7cm

唐僧与悟空

23cm✕22cm✕9cm

达摩面壁

17cm✕17cm✕7cm

夫妻二人靠背坐

38cm✕30cm✕11cm

王国安先生捐赠 黄河奇石集

动物

中华龙鸟

27cm✕21cm✕11cm

藏品欣赏

（一） 十二生肖

鼠
20cm×29cm×10cm

牛
23cm×20cm×9cm

虎
30cm×27cm×12cm

兔

30cm×20cm×9cm

龙

26cm×17cm×12cm

蛇

19cm×24cm×8cm

马
21cm✕23cm✕11cm

羊
17cm✕21cm✕10cm

猴
16cm✕37cm✕10cm

鸡

$22cm \times 28cm \times 12cm$

狗

$18cm \times 25cm \times 6cm$

猪

$23cm \times 15cm \times 13cm$

（二）其他动物

大熊瞭望*

24cm×18cm×8cm

三只鸵鸟*

23cm×22cm×5cm

猛虎飞奔

30cm×22cm×12cm

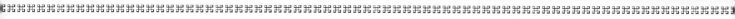

王国安先生捐赠 黄河奇石集

海鸥孵卵
26cm×32cm×11cm

海豚嬉戏
25cm×30cm×7cm

山鸡觅食
29cm×22cm×9cm

蝙蝠和熊猫

20cm×25cm×10cm

宠物狗

29cm×26cm×10cm

猴王放哨

22cm×25cm×8cm

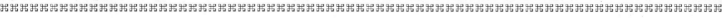

王国安先生捐赠 **黄河奇石集**

大熊猎食

20cm×20cm×7cm

雏鸡

24cm×20cm×10cm

刺猬

25cm×20cm×9cm

国际城四期巅峰系作品·艾菲尔

国际城
GRAND TOWN

臻稀法式空中院墅，绝版争藏

260~320m²奢贵顶层复式，全实景发售

G R A N D   T O W N

（跃层上层）

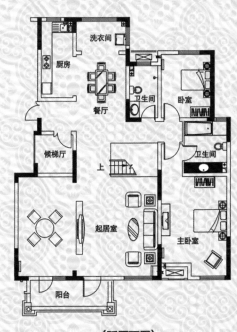

（跃层下层）

四室三厅四卫
建筑面积约：263.30m²

法式多层电梯洋房钜作，二环内他处再无。首层附赠
50m²入户花园，跃层赠约50m²私家露台，空间感受无限
延展。

河北·路劲会 电话：0311-85661288

国际城
项目地址：槐北路416号（槐北路与谈固南大街交口东行100米）
销售热线：0311-85616222/333

北京·路劲会 电话：010-60711279

林溪别墅
项目地址：昌平-六环59出口-百葛路向西(八达岭高速11出口向东)
销售热线：010-61731166/61731188

蓝调国际
项目地址：丰台-西二环菜户营桥西1500米,莲花河东岸
销售热线：010-63301326 63301328

领海朗文世家
项目地址：大兴-黄村西北端(黄村兴业大街)
销售热线：010-60250111/999

路劲世界城
项目地址：昌平-昌平新城地铁南邵站向东200米
销售热线：010-60717788/99

天津·路劲会 电话：400-661-8636

路劲·太阳城
天津市河东区卫国道与贺兰路交界
销售热线：022-24658888

喜悦购物公园
天津市河东区卫国道以西天山北路与卫国道交口西北侧
销售热线：022-24699555

路劲·领山
天津市蓟县光明路和燕山东路交界
销售热线：022-29781999

济南·路劲会 电话：0531-87108000

路劲·御景城
项目地址：山东省济南市槐荫区纬十二路9号
销售热线：0531-66665678

胶州·路劲会 电话：0532-85269661

路劲·水悦新城
项目地址：胶州市海尔大道207号
销售热线：0532-87261777/87261888

蝙蝠

28cm×20cm×14cm

玉犬

26cm×24cm×14cm

红牛戏水

19cm×20cm×7cm

水怪腾空

24cm×17cm×12cm

猫头鹰

19cm×20cm×7cm

牛蛙

30cm×25cm×9cm

信 鸽

23cm×30cm×13cm

三 "羊" 开泰

20cm×24cm×9cm

洞中黑熊

25cm×18cm×8cm

青蛙
16cm×10cm×5cm

大闸蟹
40cm×32cm×12cm

猴王驾神兽
34cm×24cm×11cm

蟾蜍

22cm×19cm×7cm

赤鲤戏水

25cm×23cm×8cm

蚕茧

28cm×23cm×10cm

鸭子与猩猩

29cm×20cm×9cm

白鼠

24cm×18cm×8cm

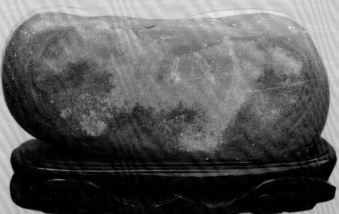

马

30cm×24cm×11cm

乌龟

18cm×10cm×9cm

蚯蚓

27cm×18cm×9cm

猴子

20cm×25cm×8cm

猩猩

24cm×19cm×9cm

风景

黄河之水天上来*

26cm×27cm×9cm

莽莽昆仑

32cm×32cm×18cm

大河万古流*

28cm×26cm×12cm

百舸争流*

47cm×21cm×12cm

邙山黄河雄*

30cm×32cm×12cm

巍巍华山

25cm×35cm×18cm

黄水滔滔*

38cm×25cm×13cm

晋山暮色*

28cm×18cm×9cm

昆仑老树

30cm×26cm×10cm

淶川山乡野满春

28cm×22cm×12cm

万里长城*

30cm×26cm×11cm

新枝*

23cm×22cm×8cm

渔舟唱晚

40cm×22cm×11cm

祁连苍松

30cm✕26cm✕14cm

秦川暮色*

34cm✕29cm✕9cm

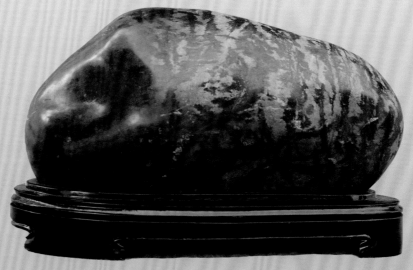

秦岭枫叶红*

32cm✕16cm✕10cm

太空星球*
30cm×24cm×12cm

天路
30cm×22cm×13cm

天梯*
21cm×22cm×6cm

漫山红梅 *

27cm×18cm×8cm

残荷 *

26cm×24cm×10cm

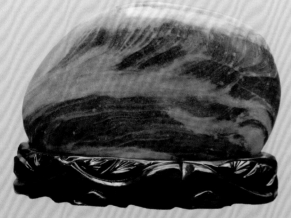

黄河入海流

26cm×15cm×8cm

沧海桑田*

30cm×23cm×10cm

红梅花开

25cm×27cm×12cm

太岳叠嶂

33cm×27cm×14cm

江南水乡 *

25cm×20cm×10cm

华山风韵

18cm×26cm×10cm

贺兰山洞 *

18cm×21cm×9cm

大河两岸春意浓 *
25cm×22cm×8cm

黄河山神
20cm×18cm×10cm

滚滚黄河 *
28cm×24cm×10cm

河源湿地*

25cm×20cm×9cm

六盘山上的三岔口*

20cm×26cm×10cm

河口湿地*

32cm×24cm×13cm

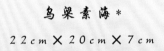

乌梁素海 *

22cm × 20cm × 7cm

一江春水 *

49cm × 35cm × 15cm

阳关大道 *

25cm × 24cm × 10cm

蓬莱仙岛 *

22cm ✕ 20cm ✕ 8cm

秦岭新竹 *

22cm ✕ 19cm ✕ 8cm

涟漪

26cm ✕ 20cm ✕ 9cm

秦晋晨雾（正面）
20cm×17cm×8cm

河口散流*
19cm×19cm×9cm

秦晋晨雾（反面）
20cm×17cm×8cm

藏品欣赏

黄河怒涛连天来*

32cm✕27cm✕9cm

水漫金山

32cm✕18cm✕13cm

江河奔流*

34cm✕25cm✕8cm

王国安先生捐赠 黄河奇石集

岁月留痕*

22cm×21cm×9cm

赤壁白云

18cm×10cm×9cm

大漠

25cm×20cm×10cm

彩石共生*

25cm×19cm×10cm

黄水天上来*

19cm×20cm×7cm

黄河水滔滔*

25cm×20cm×9cm

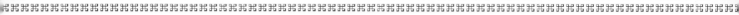

万里黄河水滔滔

34cm×20cm×10cm

天水倾泻黄河中

19cm×20cm×7cm

扁舟依古树

19cm×15cm×8cm

日月

日照江水红似火

17cm×13cm×6cm

王国安先生捐赠 黄河奇石集

黄河明月夜*

23cm×19cm×6cm

夕阳无限好

24cm×31cm×9cm

红日西沉*

27cm×30cm×10cm

58

藏品欣赏

黄河明月夜*

22cm×25cm×7cm

中天月色正清明

25cm×22cm×10cm

明月倒影

21cm×24cm×12cm

落日黄河红*

16cm×13cm×7cm

玉兔东升夜色明*

22cm×29cm×9cm

日出沧海*

40cm×25cm×12cm

日月照渤海*

28cm×28cm×10cm

秦时明月西厢下*

15cm×21cm×10cm

赤日炎炎照大河*
19cm×18cm×8cm

阳关月夜
30cm×31cm×12cm

月明星稀照大江
22cm×19cm×11cm

■ 藏品欣赏

月亮代表我的心

$31cm \times 25cm \times 11cm$

月落乌啼总关情

$25cm \times 21cm \times 9cm$

旭日东升月西沉*

$22cm \times 17cm \times 9cm$

63

宇宙苍穹

33cm×26cm×13cm

红日出沧海

19cm×20cm×8cm

满江红*

35cm×26cm×9cm

■ 藏品欣赏

漫天红霞蓓秦川*

30cm✕25cm✕11cm

星月照洛水*

22cm✕23cm✕8cm

东海红日*

35cm✕24cm✕9cm

65

旭日东升*

26cm × 19cm × 13cm

春江花月夜

27cm × 24cm × 11cm

古人不见今时月

38cm×29cm×11cm

赤道

26cm×28cm×9cm

东边日出西边月

19cm×15cm×7cm

日出*

26cm×24cm×10cm

月到中秋

25cm×25cm×10cm

静 物

中国大陆地图

16cm✕15cm✕6cm

黄金叶

30cm × 23cm × 10cm

太极图

24cm × 24cm × 11cm

抽象画

25cm × 24cm × 7cm

乔丹球鞋

18cm × 14cm × 11cm

长靴

16cm × 24cm × 6cm

耐克球鞋

34cm × 17cm × 17cm

陇原粮仓
33cm×27cm×14cm

天眼
20cm×13cm×10cm

洛阳牡丹*

23cm × 27cm × 7cm

青海菊花*

20cm × 25cm × 6cm

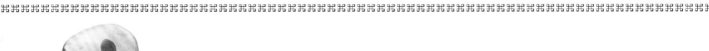

文字

囍

21cm×18cm×7cm

（一） 王国安捐石日期

12cm×13cm×7cm

16cm×19cm×8cm

19cm×27cm×11cm

18cm×15cm×7cm

年

月

日

25cm×18cm×11cm

27cm×18cm×12cm

22cm×21cm×8cm

（二） 其他文字

酒

21cm×18cm×12cm

心 *

30cm×20cm×9cm

2000年

28cm×27cm×10cm

山

23cm×23cm×10cm

川

22cm×18cm×6cm

双喜

19cm×28cm×13cm

荷

21cm✕23cm✕12cm

香

24cm✕23cm✕12cm

宾

22cm✕19cm✕10cm

78

小

22cm×20cm×12cm

圆周率 π

20cm×18cm×7cm

王国安先生捐赠 黄河奇石集

不

25cm×21cm×9cm

丹

21cm×26cm×8cm

主

19cm×25cm×8cm

公

33cm ✕ 24cm ✕ 14cm

万

20cm ✕ 18cm ✕ 11cm

州

22cm ✕ 20cm ✕ 12cm

玉

21cm×21cm×11cm

天

21cm×21cm×9cm

工

21cm×17cm×6cm

藏品欣赏

小

21cm✕17cm✕7cm

山

16cm✕20cm✕9cm

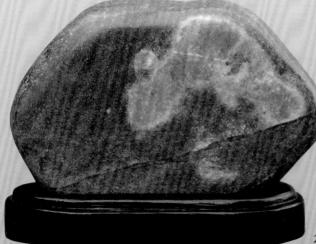

人

24cm✕16cm✕5cm

专家鉴定意见书

　　2010年8月4日下午，由河南省国土资源厅原厅长、中国观赏石协会副会长、河南省观赏石协会会长、中国观赏石鉴评师卫斌；河南省民政厅原厅长、中国观赏石协会常务理事、河南省观赏石协会名誉会长、中国观赏石鉴评师杨德恭；河南省国土资源厅总工程师、河南地质博物馆原馆长、中国观赏石协会常务理事、河南省观赏石协会副会长张兴辽；中国观赏石协会常务理事、河南省观赏石协会副会长、中国观赏石鉴评师刘福元组成的专家组，对黄河水利委员会教授级高级工程师王国安先生捐赠给黄河博物馆的245块黄河石进行了鉴定，专家组经过现场认真观看讨论，一致认为本批黄河石均为黄河天然卵石类奇石并推选出极品奇石17块，精品奇石190块，佳品奇石28块。这些黄河奇石图案含人物、动物、山水、花鸟、日月、星辰、文字等，各种图案千姿百态，栩栩如生，文化内涵极为丰富，具有很高的观赏和收藏价值，为人们了解黄河文化以及黄河流域的地质演化提供了很好的实物标本。

　　专家签字：

2010年8月4日

奉 献

卫斌（河南省观赏石协会会长）

2010年8月4日，受黄河博物馆的邀请，我和河南省民政厅原厅长、中国观赏石协会常务理事、河南省观赏石协会名誉会长杨德恭，河南省国土资源厅总工程师、河南地质博物馆原馆长、中国观赏石协会常务理事、河南省观赏石协会副会长张兴辽，中国观赏石协会常务理事、河南省观赏石协会副会长刘福元组成的专家组对黄河水利委员会黄河水文专家王国安先生捐赠给黄河博物馆的245块黄河石进行了鉴定，专家组经过现场认真观看讨论，一致认为本批黄河石均为黄河天然卵石类奇石，其中能够入藏黄河博物馆的黄河石235块。在此基础上，专家组推选出极品奇石17块，精品奇石190块，佳品奇石28块。这些黄河石具有很高的观赏价值和收藏价值，为人民了解黄河石的独特魅力和博大精深的黄河文化以及黄河流域的地质演化提供了很好的实物标本。

今天是王国安先生80华诞，在这个特殊的日子里，举办"王国安同志黄河石捐赠仪式"，意义非凡。我代表河南省观赏石协会对这一令人赞叹的义举表示最衷心的祝贺。对王国安先生服务黄河、热爱黄河、奉献黄河这种可贵的精神予以高度赞扬。同时，希望黄河博物馆珍藏好、利用好这批黄河石，使更多的人在观赏黄河石的过程中汲取中华文化的营养，提高艺术品鉴赏力，培养良好的道德修养，为中华民族的复兴腾飞做出更多、更大的贡献。

漫谈奇石

刘福元

奇石,属观赏石中的首要石种。它是大自然历经千百万年漫长岁月,鬼斧神工打造的宝物。它千姿百态、瑰丽神奇、粗犷雄浑、博大精深,被人们称为无言的诗、立体的画,是百观不厌、千赏不烦、日看日新,而且举世无双、不可再生、万古不朽、永不退色的天然石质艺术品。

观赏石和奇石的定义

1.观赏石的定义

凡具有欣赏、收藏和经济价值的任何一种岩石、矿物和化石,均可统称为观赏石。

2.奇石的定义

奇石是指天然形成、没有人工雕凿并具有一定的形态、图案、色彩,因而极富观赏价值的特殊石头。它是观赏石中最重要的部分。

奇石的分类

奇石是观赏石中的皎皎者。

观赏石一般可分为图案石、造型石、色彩石、特异石、矿物晶体、动植物化石、工艺奇石、宝玉石和文房石等九大类。

而奇石的分类只宜取观赏石分类中的前三类，即图案石、造型石和色彩石。

（1）图案石。它是以体现绘画艺术感为主天然形成各种图案的观赏石。这种奇石由其清晰、美丽的纹理或层理、裂理等所体现的诗情画意图案所构成。大自然以天然神笔将矿物质浸染在石质上，形成了景物、人物、动物、器物、建筑物等社会万物，或以曲、直线条表现，或以色块构成，穷极变幻，各种图案无奇不有。

图案石以卵石图案石为最佳。

这类图案石，主要是以兰州、洛阳等地的黄河卵石和以泸州、三峡等地的长江卵石为主体的各江河湖海中所产生的带有图案的卵石型奇石。它不仅有形，而且有神，形神相依，有机统一，宛如人的灵魂与躯体，不可须臾分离。这类卵石图案石，纯属天然形成，图案朴实真切，在当今奇石艺术中独占鳌头，极具观赏、收藏价值。

（2）造型石。它是以体现雕塑艺术感为主天然形成的观赏石体，包括以模山范水为主的景观石，以拟人状物和呈现鸟兽鱼虫为主的具象石，以艺术造型为主的抽象石，以瘦、皱、漏、透为审美标准的传统赏石。主要石种有灵璧石、太湖石、风砺石等。这类奇石主要产于江河湖海和戈壁沙漠地区。

（3）色彩石。它是以其色泽自然之美、悦人眼目的，可美一色，也可七彩纷呈，斑驳陆离，五光十色。一般以色调沉稳内敛、华贵典雅的深色系列为优，但浅色系列中能表现清秀气质、活泼轻快的也系佳品。彩色石分为单色、双色及多色数种的观赏石体。

奇石的成因

1.一般成因

奇石来源于岩石。世界上的高山大川千姿百态，岩石五彩缤纷，现已发现有2000多种岩石，但论及其成因，不外于三大类，即岩浆岩、沉积岩、变质

岩。其成因分别为：

（1）岩浆岩由熔融物质液态岩浆或熔岩结晶而成。该岩是组成地壳的基本岩石，一种是岩浆从火山口喷出地表冷却凝固而成；另一种是岩浆从地球深处沿地壳裂缝缓缓运移到地表下一定深度处，由熔浆液结晶而成。

（2）沉积岩是岩石经风化侵蚀破碎成的颗粒，被冰川、河流和风的搬运，逐渐沉积于湖泊、三角洲、沙漠和海洋而形成。

（3）变质岩是岩浆岩和沉积岩在大规模的造山运动中，受到高温、高压或外部各种化学溶液的作用下，其岩石重新熔化、内部结构重新组合而形成。

2.特殊成因

奇石是岩石的精华，其成因除具有岩石成因的共性外，还具有一些特殊的成因。下面按本文对奇石的分类，分别简述其特殊的成因。

（1）图案石的成因。图案石每种图案的形成，是由于岩石中的线条、纹理和色彩变化的缘故。

①线条、纹理的成因：它们主要是在成岩时期原生的。其形成原因有三：一是岩石受矿液浸染而成；二是在成岩时受深度、温度、压力的作用产生褶皱、折叠、隆起剥蚀而成；三是岩石后期风化浸染也可形成的，如广西红河石，原岩石是浅灰色细砂岩，破碎后被红色氧化铁浸染，经风化使底色土黄，有的就显出黄底红纹。再如，岩石中若侵入了方解石或石英的细脉，就会形成白色的条纹。

②色彩的成因：主要是由于含各种矿物质的缘故。如红色含氧化铁、绿色和蓝色含铜、黄色含铁或胶体二氧化硅、紫色含锰、黑色含碳或石墨、白色为石英等。

（2）造型石的成因。造型石形成各种不同形态的原因，是由于岩石自身内部所含成分和结构组合的差异，在地壳运动、风雨侵蚀、水浪冲击中相互磨砺而形成。这种内营力和外营力的自然雕凿，既使岩石扭曲劈裂、去软留坚，也使岩石孔洞沟壑、凹凸起伏，于是形成了岩石的各种奇特形态。戈壁沙漠地区的风砺石则系由风沙长期侵蚀而成。

（3）色彩石的成因。色彩石各种颜色的形成，据近代对矿物致色机理的研究，可分以下几个方面的原因：

①过渡金属离子致色。包括金属化合物（相当于经典分类法中自色，即由矿物固有化学成分的元素形成的颜色，也就是在上述对图案石色彩变化成因的分析）和过渡金属杂质（相当于经典分类法中的他色，即由矿物固有化学成分以外的杂质元素形成的颜色）。

②色心致色。所谓色心，就是结构缺陷形成的颜色中心。即当矿物晶体在生长过程中或生长后受到高能辐射（X射线、γ射线等）时，非过渡元素离子或因缺少电子形成的矿物晶体缺陷中也可出现产生颜色的未成对电子，这就是色心。如紫色莹石，烟水晶、紫水晶，蓝黄玉都是色心致色。

③电荷转移转换致色。这种致色机理是以分子轨道理论为基础的。这一理论表明，电荷可以从某一个原子的轨道上跃迁到另一个原子的轨道上，这种跃迁造成的电荷转移会吸收部分光能，使矿物呈现被吸取色光的互补色。如蓝宝石是有微量铁和钛进入刚玉经过电荷转换，造成红光至黄光完全被吸收，使这一矿物晶体呈蓝色和蓝绿色。

④能带跃迁致色。能带致色是以能带理论为基础的。这种理论表明，在矿物晶体中，电子不是属于某个原子，它可以在整个矿物晶体中运动，这种运动是电子被束缚在不同的能带中运动，不同能带间存在较大的能量差，当可见光提供的能量高于能带间的能带差时，可见光全部被吸收，矿物晶体呈黑色。当可见光中部分色光的能量高于能带能量差而部分色光又低于这种能量差时，则高者被吸收、低者通过，矿物晶体呈现通过色光的合色。如金刚石，纯净时，不同能带间能量差较大，高于可见光，不被吸收，金刚石无色；当金刚石含杂质时（如氮），使能带间能量差降低，造成紫光和部分靛光被吸收，金刚石呈黄色。

⑤物理光学效应致色。是指由光的色散、干涉、衍射和漫射等光学效应造成的颜色，相当于经典分类法中的"假色"，即矿物晶体的颜色不是由矿物所含组织成分形成，而是由特殊的光学效应形成。

奇石的鉴赏内容

一般认为奇石的鉴赏内容主要包括石质、石形、石色、石纹、石象、石意六个方面。

（1）石质。指构成奇石的矿物成分、化学成分、结构构造以及由其产生的物理化学性质。硅质、硅镁质、硅铝质成分的奇石，结构致密，石质细腻，硬度一般在五级以上；碳酸盐岩类奇石，多为粗细不等的结晶质，硬度多在五级以下。密度大、硬度高的奇石，给人以坚挺豪迈之感；质地纯正、无杂质的奇石给人以柔和甜润之感；而表面光滑、细腻的奇石有一种秀丽美；石质松、软、疏，表层粗糙，无光泽者有一种粗犷美。总之，不同的石质给人以不同的美感。以外表光滑、质地细腻，硬度高、甜润透明者为精品。

（2）石形。即奇石在三度空间所占的位置，是大自然造化而形成的天然的外在形体。有的形体具象(具体)，有的形体抽象，具象者奇巧逼真、活龙活现；抽象者变化万千、耐人寻味。其形状有三角形、圆形、椭圆形，或有的规则，有的不规则，千奇百怪，无所不有。石头的形状尽量要完整，观赏面没有较深的裂痕和纹路，或者不影响观赏。从整个石形外面上看，圆的造型，能给人圆润、光滑之感；正三角形造型，能给人对称、均衡、平稳的舒适之感；倒三角形造型，能给人险中求夷的惊奇感。无论什么样的石形，只要能给人以美的享受，都可谓好的石形。以外形与内容和谐相称、形神兼备者为精品。

（3）石色。指石头的颜色。色有赤、橙、黄、绿、青、蓝、紫。奇石之色，有单色、双色、多色和混合色之分。色为意生，意为色存，色、形、意完美统一者，可谓奇石之精品。

（4）石纹。指奇石内部构造所呈现的图案纹理，这些图案纹理多以圆、点、线、面组成各种物象，有的规则或不规则，有的流畅或呆板。图案纹理是形成各种物象的要素，决定着奇石的审美价值。凡线条节奏明快、富有神韵、变化无穷、妙趣横生者，都可谓精品奇石。

（5）石象。指奇石上抽象的或具象的图案和物象，有的清晰，以流畅的线条表现出山水之美；有的雄浑，以大面积的色块构成人物、动物等图案。有的是色彩表象，线条表意；有的是以深浅浮雕的手法再现物象。凡图案清晰度高、反差大、意境深远、惟妙惟肖、栩栩如生者皆为精品。

（6）石意。指奇石的造型或图案所含的意境，有的深远，给人以遐想；有的明晰，给人以直率；有的博大，给人以开阔；有的含蓄，给人以深思；有的奇巧，给人以启迪。不同的意境，会给人带来不同的感悟。以主题鲜明、耐人寻味者为精品。

奇石的精品与极品

概括地说，精品石指石型完整无损、主题突出、意境含蓄，形、质、色、韵俱佳，以及艺术价值、观赏价值、经济价值、收藏价值都达到一定高度的奇石。俗话说："金无足赤，人无完人。"故能占上述三项以上者，都可称精品石。

以独特的审美眼光，综合性的艺术修养，从石品的造型、色彩、图案等多方面入手，逐一从左右、上下、正反，审视其美，形、质、色、韵皆佳者，可谓精品中的极品。特别是正反两面的图案均为精品者，无疑更是极品。

黄河石

1.黄河石的定义

从广义上讲，自黄河的发源地巴颜喀拉山到黄河的入海口，绵延5464千米，沿黄河两岸山岭、沟壑的大量石块，被入黄的河流挟带，进入黄河后，经过浊浪的搬运、撞击、磨砺、冲刷而形成的奇石，都可统称为黄河石。若细分之，见于青海段的称河源石，见于甘肃、宁夏段的称兰州石，见于内蒙古段的

称清水石，见于河南段的称河洛石。因河南段系黄河文化的中心地段，又称黄河石或洛阳黄河石。近二十年来，河南的黄河石备受世人注目，尤其是黄河日月石更是享誉京城，名扬中外。

2.黄河石的特征

黄河石石质坚硬细腻、浑厚圆润，品种繁多；由火成岩、沉积岩、变质岩等多种岩石构成。硬度多在5~7度；色彩无论是单色还是混合色，均具有黄土高原的文化内涵，多以黄、褐色为主色调，表现出了古朴典雅、纯正浓厚、雄奇壮丽之美。无论是造型石，还是图案石，它们都既有刚健、粗犷的黄河气派，也有婀娜多姿的温柔，真正体现了黄河母亲的伟大胸怀。

3.黄河石的形成

"君不见黄河之水天上来，奔流到海不复回"，黄河从青海巴颜喀拉山北麓海拔4500米的约古宗列盆地起，逶迤东流，沿途接纳成千上万的大川小溪，盘回于层峦叠嶂之间，滚卷着两岸的山岩碎块，拥抱着黄土的芳香，以巨大的落差及飞快的流速，沿途滚翻撞击、磨损滞留，历经千百万年，使这些石块变成了光滑圆润、形态万千、色彩古朴、图纹各异的稀世珍宝——黄河石。

4.洛阳黄河图案石

在河洛地区沉积岩类奇石中，洛阳黄河图案石是重要的奇石石种。其岩石组成包括石英砂岩、粉砂岩、砂砾岩以及少量的碧玉岩、石英岩、板岩等，这与黄河流经的区域地质背景是一致的。黄河流经的宁夏、内蒙古及山西、陕西段，主要是黄土高原及其下面的中生代和晚古代砂页岩地层，目前还未形成有知名度的石种。而当黄河进入中原地区，穿过三门峡，到达洛阳区段后，就形成了气势雄浑粗犷、构图凝重大方、色彩浑厚古朴、意境奥妙深远的各种图案石组合，很有黄土高原的风情和华夏中原文化的气度，被称为洛阳黄河图案石。近年来，相关石种风靡国内外奇石市场，赢得中外奇石界的普遍赞誉。

洛阳黄河图案石何以有此特殊的观赏性和迷人的魅力呢？主要有下列三个原因：

（1）特殊的地理位置。黄河进入中原之后，穿过了长达近百公里的中晚元古界的各种石英砂岩地层，并补充了来自中条山、王屋山南坡的早元古界浅变质的石英岩、火山岩岩石，在整个黄河流域，这里是早、中、晚元古代地层最发育、地表出露面积较大且又完整的地区，由其提供了丰富的奇石资源。

（2）特殊的沉积环境。这套沉积岩地层形成于大海之滨、百川汇流、潮起潮落的三角洲地带，当时的古地理、古气候条件相当复杂，各种沉积作用都十分发育。尤为难得的是，这套沉积岩还是我国最老的未被变质的地层，各种沉积特征、沉积形象使奇石图案的各种要素得以完整的保存，这是形成其丰富图案的重要条件。

（3）特殊的发掘方式。洛阳黄河图案石是随着黄河小浪底大坝的兴建而被进一步发掘的。小浪底水库实际坝高160米，坝顶长1667米，坝顶宽15米，坝底宽864米，坝型为壤土斜心墙堆石坝，总填筑方量5185万立方米。坝址砂卵石覆盖层一般深30~40米，最深达80余米，故在大坝施工期间，从河底下数十米的深处挖掘出大量的卵石，形成了立体式的奇石开采，这是其他石种所不能比拟的。

5.洛阳黄河日月石

洛阳黄河石中最受人喜爱的日月石，其形成一直是个谜。

相传，古代天上有10个太阳，晒死了人畜，烧着了庄稼，老百姓叫苦连天。射箭能手后羿奉天帝的旨意，来到人间，弯弓搭箭，一连射落9个太阳，射落的太阳都掉到了黄河里面，所以洛阳的黄河石印有太阳图案。

洛阳黄河石原石是一种沉积岩，具体名称为石英砂岩，有明显的沉积层理构造，其形成时间在15亿年前后，经过地壳运动（两百万年至今）露出地表，又经过风化剥蚀、碎裂，滚落至黄河水中，再经过水流磨蚀搬运而形成现今所见的洛阳黄河石，石质坚硬、细腻，一般硬度为6~7度。

根据北京大学地质系教授对日月石的矿物组织结构特征和化学成分特征研究结果，日月石（晕圈）是沉积成岩晚期经溶液扩散溶解作用而形成的。一般来说，沉积作用包括两个阶段：在沉积物变成固结岩石以前，所发生的作用谓

之早期成岩作用；在沉积物变成固结岩石以后，所发生的作用谓之晚期成岩作用。沉积岩在此阶段，随着温度压力的增高，将发生一系列变化，如孔隙度的减小，某些新矿物的形成，某些矿物的重结晶次生加大，岩石产生裂隙继而发生新矿物充填作用，流体溶液活动顺裂隙发生交代作用和围绕质点发生扩散作用等。

洛阳黄河日月石形成晕圈即是在此阶段流体溶液围绕某些质点为核心向四周扩散的结果，这就是洛阳黄河日月石形成的大概机理。

奇石的价值

1.观赏价值

古人云："山无石不奇，水无石不清，园无石不秀，室无石不雅。""赏石清心，赏石怡人，赏石益智，赏石陶情，赏石长寿。"诚哉斯言。

一块佳石，是无言的诗，不朽的画，无声的歌，不歇的舞，无字的书。

人们观赏奇石，在审视与触摸之时，在惊叹与凝思之中，会从地学角度去探究和认知它，会从美学角度去发现和鉴赏它，会从文学角度去观察和赞美它，会从哲学角度去思忖和明辨它，会从史学角度去追踪和阐述它。正是：好石不厌千回看，越看心里越喜欢。百人共赏同一石，各自观感不一般。

进而言之，奇石的奥妙之处在于它：

或千姿百态，色丽质佳，逗人喜爱；

或粗犷雄浑，大气磅礴，催人奋进；

或形神兼备，意境深邃，促人遐思；

或惟妙惟肖，栩栩如生，惹人叫绝；

或古朴典雅，风光无限，引人入胜；

或奇模怪样，妙趣横生，令人喷饭；

或似象非象，如诗如画，耐人寻味；

或举止端庄，憨态可掬，使人神往；

　　或玲珑剔透，巧夺天工，诱人探研；

　　或雄姿英发，气贯长虹，激人拼搏；

　　或呲牙咧嘴，凶象毕露，叫人警惕；

　　或功勋卓著，名垂青史，让人起敬。

　　奇石艺术是超越人类的艺术，是大自然的结晶，是任何工艺品无法比拟的。"花如解语还多事，石不能言最可人"。此语道出了石头纯洁的艺术。自然的东西要比人工雕琢的艺术品更有艺术价值、更具思想性。

　　奇石是一种高雅的艺术品。在历史上，爱石、供石、赞石、画石的文人墨客和达官贵人不可胜数。例如唐代大诗人李白、杜甫、刘禹锡、白居易，宋代大书画家米芾，大文豪苏东坡、司马光、欧阳修，政治家王安石，宋徽宗赵佶；元代大书画家赵子昂，明皇帝朱元璋，清皇帝乾隆，明清书画家郑板桥，小说家蒲松龄、曹雪芹等人都酷爱奇石。现代国家领导人周恩来、董必武、郭沫若、李瑞环、沈钧儒都爱石。书画家齐白石、徐悲鸿、张大千，戏剧家梅兰芳等也都是爱石和赏石大家。

　　总而言之，奇石的观赏价值是非常大的。

　　2.经济价值

　　奇石的商品性古已有之，是社会经济发展的必然结果。一块能看上眼的奇石，动辄能卖几千至几万元。2004年1月31日中央电视台二台《鉴宝》节目上，一块图像为"寿"字的黄河石，被专家鉴定价值38万元。最近四五年来互联网上发布的具象的精品黄河石，单块标价一般都是数万至数百万元。极品则高达几千万元。最近网上公布的一块画面为熊猫的长江石，标价为差1元就是1亿元！

　　多年来奇石界的人一般都知道中国最贵（按专家估价）的三块奇石是：雏鸡出壳，1.3亿元；岁月（老人头），9960万元；人之初（母腹胎儿），9600万元。

　　其实，一般认为，精品奇石的价值还将与日俱增。因为我们的祖先所总结的"物以稀为贵"，是商品社会的永恒法则。经过近一二十年来奇石市场的红

火热销，目前我国的天然生成的精品奇石，已越来越难于寻觅了。市场上已很少见到好的原石。

千百年来世人只道："黄金有价玉无价。"然而，时代在前进，认识在深化，观念在更新，时至今日人们在这句话的后面，还应再加一句："玉比奇石又不算啥"，或"玉价尚在奇石下"。总而言之，统而言之，现在理应是"金不如玉，玉不如石"。这是因为"玉不琢不成器"，即玉石需要经过人为加工，才能成为精品。而精品奇石则是天然生成的，贵在"天然"二字，且系宇宙孤品，珍稀至极。所以，精品奇石的价值理应远高于精品玉器。只是目前人们的认知观念还没有跟上。深信在提倡崇尚自然、回归自然的今天，这种观念很快就会建立起来。从这一点上来说，收藏奇石，确实是大有可为的。

奇石的未来

今日之中国，已经发生了翻天覆地的变化，综合国力增强，人民安居乐业，到处呈现出一片欣欣向荣、太平盛世的喜人景象。随着人们物质生活水平的提高，人们对精神生活的追求也愈来愈高。在繁忙的工作和学习之余，总想放松一下自己。回归自然，闲情逸致，陶冶情操，爱石、玩石、藏石已成为一种时尚。它既是人们生活中不可缺少的一个组成部分，也是一个人文明程度和文化素养的重要标志之一。人们将更加重视观赏石的审美价值和收藏价值，爱石、玩石、藏石的人将会越来越多，从而必将促进我国观赏石业的进一步发展。

可以断言，随着岁月的流逝，一切为某一河流所独有的卵石类的奇石（例如黄河石、长江石、红河石等），由于它们特别珍稀，其收藏价值和经济价值必将与日俱增，前景更为广阔。

藏石：辛苦并快乐着

口述：王国安　整理：王静琳

爱上收藏

20世纪70年代后期，我四十多岁，正是干工作的大好年龄，我的PMP/PMF研究刚有起色，身体却出了状况，工作起来有心无力。我当时很着急，便四处求医问药，但治疗效果却不理想。有人建议我培养业余爱好，这样有益身心，胜于吃药。我开始尝试养鱼、养花，但因方法不当，家里空间也小，最终放弃了。

我在花卉市场选购花草时，看见不少形态各异的石头，开始就是路过随便瞅一眼，没有留意观察。

我首次"触电"黄河石是在北京的一家奇石店，店里的黄河石乍一看"貌不惊人"，但当我顺着卖家的介绍仔细欣赏时，才领悟到其中的奥妙：一方奇石就是一幅精美、生动的艺术图画，妙趣横生，内涵丰富。便想，我是黄河人，在黄河上干了几十年，整天想的都是黄河，何不收藏黄河奇石呢？奇石不必精心呵护，还可以装点居室，闲来观赏，很有情趣。

搞收藏需要一定的鉴赏力，我是刚"入道"、知识面狭窄、经验不足的新手。学习是第一步，除请教奇石界的"行家里手"外，我还买来很多奇石鉴赏书籍研读。

我了解到，黄河奇石是黄河流域特有的"瑰宝"，是千万年来被黄河剥蚀、冲刷、洗磨而成的石头。黄河石有地域性，主要产自青海、甘肃、宁夏和

河南洛阳小浪底附近的黄河河道。距离郑州仅百余千米的小浪底是黄河奇石的重要集散地，这里的大量奇石因小浪底水利枢纽的修建而重见天日，并闻名遐迩。我曾参与过小浪底水利枢纽的规划设计，有种小浪底情结在那里，这更坚定了我收藏黄河奇石的决心。后来我收藏的黄河奇石大部分产自小浪底。

千里觅石

20世纪90年代初期，我开始从全国各地购买黄河奇石。郑州的几处古玩市场、陈砦花卉市场、碧沙岗公园和城隍庙附近都有奇石商店，周末空闲时我就坐公交车去这些地方转转。前些年，郑州经常举办奇石展销会，只要我知道，都会去，从不会落下。洛阳、开封的奇石展销会我也去过多次。

因为工作需要，我到外地开会的机会较多。每到一个地方安顿下来后，我就赶紧询问宾馆服务人员或其他当地人，看这里是否有奇石市场，然后趁着休会时间，租车去转转。我先后去过北京、南京、西安、兰州、西宁、乌鲁木齐、济南、泰安、武汉、桂林、昆明、成都、天津等地的奇石市场。我去北京出差的机会最多，有时候一个月要去几次，潘家园、大观园附近的奇石市场和琉璃厂是我常去的地方。

奇石收藏可遇不可求。我逛过这么多地方，见过的黄河奇石更是数不胜数，但因为价格不合适，或者品相不满意，多次空空而归。

我捐赠的黄河石大部分都是2001年以后购买的，当时有了捐赠的想法，而且鉴赏能力也不断提高。之前因为缺乏鉴赏知识，我买过一些伪造品或品相差的黄河石。捐献之前，伪造品都丢弃了，吃一堑长一智吧；品相差的与石友以多换少，前后换了百余块，也都处理完了。

我从来不卖藏品。比如文字石"酒"字、有回文背景阿拉伯数字"2000年"和"黄金叶"，因其图案具有特定的内涵，曾分别被某酒厂负责人、郑州的一个回族人、某卷烟厂负责人看中，想以高价购买，都被我婉拒了。

难忘那些人和事

我在收藏奇石的过程中结识了很多朋友，经历了很多事情，至今令我难忘。

图案为漫画版"希特勒"的石头得来的非常曲折。2002年，在北京潘家园的某奇石店里，我对店内的黄河石成色不太满意，卖家叫刘玉文，他了解到我有捐献奇石的想法后，主动提出带我到他的仓库里挑选。当日，我与他驱车两个多小时赶到京郊仓库，他派人搬出几大箱石头让我挑选。这些石头都是他从黄河小浪底收购来的，原来上面覆盖一层泥沙，不太起眼，想不到冲洗后品相很不错，我一下子挑选了十几块，其中就有这块"希特勒"石，当时他还有点惊异，会有这样好画面的石头。

同样是在北京潘家园，我还遇到另外一位热情的卖家，他叫陈连生，是位经济师，退休后开了一间自己的奇石店。他看我对店里的黄河石不太满意，便邀我到家里选购，他家里琳琅满目的奇石令我大开眼界，我当即选购了"黄河母亲"等4块奇石。按当时的市场行情，他要价并不算高，还提出再送我几块黄河石，其中就有我喜欢的那块"落日黄河红"石，它体积虽小，但画面很不错。

能购买到"久加诺夫"和"夕阳无限好"是一种缘分。2008年，在郑州陈砦花卉市场某奇石店，我看中了"久加诺夫"，但8000元的要价让我望而却步。半年后，店主赵儒了解到我有捐赠的想法，遂以较低价格卖给了我。"夕阳无限好"是赵儒的"镇店之宝"，被放置在柜台的最里面，上面还盖着一块红布，只有老顾客来了，他才揭开"面纱"让其欣赏，并称曾有人出价4万元都不舍得卖。2010年8月4日，黄河博物馆组织专家对我捐赠的奇石进行鉴定后，我想让这次捐赠更有价值，便向赵儒说明购买初衷，他再次慷慨地以多年前的进价卖给了我。我想，不论价值几何，能买到自己的心爱之物，让其有一个好的归宿，就是我最大的欣慰。

　　同样是为了让捐赠更有价值，我在捐赠前夕，和黄河博物馆的同志特意驱车赶往洛阳，去补全"十二生肖"图案。说来也巧，我们在洛阳很快就购买到满意的"鸡"、"狗"、"兔"，但转遍几家奇石市场，却没有找到形象生动的"羊"，正要悻悻而归的时候，却听卖家房富强说家里有块"羊"品相还不错。我们连夜赶到他家中，果不其然，那块奇石上的"羊"图案栩栩如生，我当即买下。这真是"踏破铁鞋无觅处，得来全不费功夫"。捐赠过后，黄河博物馆准备出书，我又感到"十二生肖"图案中的"马"、"猴"、"鼠"不太逼真，通过石友牵线，我联系上了洛阳市吉利区奇石协会的负责人朱兴凯、闫志强、张国亮，看他们那里是否有合适的石头。几日后，我与黄河博物馆的同志再赴洛阳，这次又给我一个大惊喜，吉利区奇石协会热情推荐的"马"、"猴"栩栩如生，"鼠"不但形象，还是3只并卧的小老鼠。

　　在购买奇石的过程中，我也结交了不少朋友。

　　郑州某奇石店老板，我们前后交往了六七年。他以买卖奇石为生，其店面规模不大，奇石品种也不多。他的黄河石一部分是自己从河滩里捡来的，一部分是从农民手中收购的。他爱人没有工作，经济状况较差。最初我去他的店面，难能见到精品奇石，对其印象并不深刻。后来，他的真诚打动了我。他说，只要收购来奇石，就第一时间喊我去挑选，然后再拿到店里卖。所以，每次他进来新货，我都会及时抽空去挑选几块，价钱由他说。看他生活不易，我把以前收藏的部分品相稍逊色的奇石送给他，让他卖钱贴补家用，逢年过节，也会送给他孩子压岁钱。当然，我也非常感激他，"邙山黄河雄"、"大河万古流"、"黄河明月夜"、"黄金叶"都是他卖给我的。有一次，我欲高价购买一块人物图案"奇石"，正是他的及时劝阻，我才没有被蒙骗，因为那人物的眼睛和鼻子都是人工做上去的，不是天然黄河石。

　　刘福元、李跃文、姚建军、刘玉喜都是与我打交道多年的石友。"阿拉伯少女"原是刘福元的一件藏品，他爱人是回族女子，对这块石头更是情有独钟，但他有感于我捐石的义举，毅然忍痛割爱，把它转让给了我。

李跃文很重情义，一次我到他店里，他向我推荐说："我的黄河石都是从小浪底捡来的，这个'酒'字不错，你要喜欢，随便给点钱就行。"那块石头果然很不错，我坚持让他报个价，但他报价很低，我不忍心，加倍付了钱。他很感激，多次向其他石友提及此事。

姚建军和刘玉喜也是奇石卖家，他们手头有品相好的奇石，经常为我预留，"一石二人"和"莽莽昆仑"就是他俩卖给我的。

正是有了奇石界好朋友的帮助，我才能收藏到那么多黄河石，在此我要真心感谢他们。

艰辛运石

奇石难觅，运石更不容易。

通常，在外地开会买到的奇石，我都找出租车运到下榻的宾馆。回郑州时让随行的年轻人帮忙把奇石搬上火车，到郑州后再租车运回家中。遇到购买几百斤奇石的情况，我只能雇车将其运到火车站办理托运，到郑州后再取货、找搬家公司或小货车搬运到5楼的家中。

若是在郑州市场购买一两块奇石，我通常自己搭出租车运到我住的家属院门口，再请宿舍门口收废品的青年人搬到家里，支付搬运费。

如果购买的黄河石没有底座，我就定期租车、雇人到洛阳或郑州郊区的木材加工厂为其量身定做底座，大概一次做20~30个底座。红木底座漂亮、上档次，只是价格高，一个为200~300元，好的石头我就配上红木底座，"好马配好鞍"嘛！

捐石心得

捐赠之前，我收藏的奇石几乎占满了我家客厅、阳台、卧室的角角落落，

连柜子里、床下也堆放着奇石。每当我看到这些图案精美的奇石，抚摸它们清晰、美丽的纹理时，就格外提神。真是"美石不厌千回看，越看心里越喜欢"，那份惬意，那种乐趣，只有置身其中才能体会到。现在它们被搬走后，家里腾出了不少空间，心里倒觉得空荡荡了。

我和老伴张明琴、长子王代、次子王内、小女王因都毕业于重点大学，除王代外，都在郑州黄委会工作，他们都非常支持我收藏、捐赠奇石，曾多次陪我去外地选购奇石。

收藏需要一定的花费，我认为金钱都是身外之物，我生于旧社会，受过穷，现在不缺吃、不缺穿，已很满足。除退休金外，我还有原单位的返聘金和项目鉴定、评审咨询以及到高校作报告的酬劳，这些收入来源于国家，我用它购买奇石，理应捐给国家。2010年8月10日是我80岁生日，我把收藏的235块黄河奇石无偿捐赠给黄河博物馆，了却了一桩心愿。希望它们能丰富黄河博物馆的馆藏，让国内外更多的观众了解黄河文化。

从黄河走向世界

—— 感恩黄河，报答黄河

王国安

我于1954年7月从四川大学水利系水文专业毕业，由国家统一分配到水利部黄河水利委员会（简称黄委会）工作，从一名助理技术员成长为教授级高级工程师、享受国务院特殊津贴的专家，进而成为受到联合国世界气象组织（WMO）高度赞扬的可能最大降水（PMP）/可能最大洪水（PMF）专家，并被黄委会于2001年、2003年和2005年三度推荐为中国工程院院士候选人。饮水思源，这一切全都是黄河造就了我。因此，为感恩黄河，报答黄河，我决心把我历经20年时间，收集珍藏、价值不菲的235块黄河奇石，全部无偿地捐赠给黄河博物馆，为黄河增添一点光彩。

是黄河造就了我

黄河如何造就了我？按时间顺序，主要有以下16点：

（1）1955年秋至1957年夏，黄委会计划处派我到南京华东水利学院（今河海大学）水文系参加水利部干部进修班（后称水文系研究生班）学习。主要听由中国政府从苏联聘请来的水文专家郭洛什柯夫为中国高等院校培养水文教师而开设的《径流与水文计算》课程，同时选修了水文系几位知名教授为本科生讲授的高等数学、陆地水文、水文预报和气象课程。

通过这次学习，开阔了我的眼界，理论水平也显著提高了，还学到了一些

王国安先生捐赠 黄河奇石集

进行科学研究的基本思路与方法，这一切激发了我对水文科学的热爱。

（2）1961~1963年，黄委会设计院派我代表黄委会参加由水利部水文专家叶永毅主持的中国第一代设计洪水规范《水工建筑物设计洪水计算规范》的编制，并承担该规范附录"水利化和水土保持措施对设计洪水影响的计算方法"的编写。在这期间，通过多次大小会的讨论及一些权威专家的精辟发言，我对设计洪水的理论和方法有了较多的了解。

（3）1963~1969年，黄委会设计院组织编制《黄河三门峡至秦厂区间洪水分析报告》和《黄河中游洪水特性分析报告》，我是技术骨干之一，承担这两个报告的部分编写和全文的统稿定稿。通过这两项工作，我对黄河流域的暴雨洪水特性有了较全面的认识。

（4）1972年，鉴于黄河下游防洪工作的重要性，我提出要在黄河上开展PMP/PMF研究工作。在黄委会副主任王化云和规划大队大队长王锐夫的大力支持下，我代表黄委会前往南京邀请华东水利学院詹道江和赵人俊等老师前来郑州指导，选择黄河三花间（三门峡至花园口区间）开展PMP/PMF研究。由于我结合中国实际刻苦钻研和我负责组织的工作组（吴庆雪、陈先德、薛长兴、高治定等）经过一年的工作，取得可喜的成功。并由我总结了一套思路清晰、理论系统、层次分明、重点突出、通俗易懂的推求PMP/PMF的实践经验。这些经验得到水利部专家谢家泽、陈家琦、叶永毅等的大力支持，在他们的推动下，三花间的经验在全国得到迅速推广，主要成果被列入由陈家琦主持的中国第二代设计洪水规范之中，这为我在全国提高知名度，并于2000年走向世界奠定了基础。

（5）1973~1978年，黄委会设计院派我参加由陈家琦主持的《水利水电工程设计洪水计算规范》的编制，并担任该规范附录四"用水文气象法计算可能最大暴雨"的主编。这次规范的编制历时五年，举行大小讨论会十余次。通过这项工作，我对设计洪水所涉及的各种方法和各种问题有了较全面、深入的了解。

（6）1980年秋至1983年夏，应黄委会水文局局长董坚峰的要求，我从设计

院调到水文局工作。经过考试选拔，我参加了"黄委会科技英语进修班"，突击式地学了8个月，通过学习，我能够借助英汉词典笔译水文科技英语文献。从黄委会科技英语进修班结业之后，正赶上高级工程师的英语资格考试，通过考试我取得考分第一的好成绩，因而评上了高级工程师，获得以国务院名义颁发的职称证书。

在水文局我主要干了三件事：

一是通过对黄河冰凌的形成与消融的研究，首次明确：黄河桃汛是由于宁夏、内蒙古河段，冬季流凌封河所形成的冰盖，于来年春季因气温升高而消融所形成的冰凌洪水，传播到黄河下游正值桃花盛开时节而得名，并非以往某学者所称是由于春雨所形成。

二是通过对溃坝最大流量计算公式的理论推导，发现我国生产单位从1962年开始使用的所谓"波堰流交会法"，其波流量计算公式的推导，基本概念有误，从而使该法失去了存在价值。

三是通过对数理统计法和水文气象法的基本理论研究，发现我国水库工程设计有关规范中硬性规定可能最大洪水（PMF）必须大于或不得小于万年一遇洪水不合理。因为我国的万年一遇防洪标准来自苏联，但苏联是以融雪为主的国家，洪水变差系数（C_V）值小，故其万年一遇的洪水数值，问题相对较小；而我国是以暴雨洪水为主的国家，洪水变差系数比苏联大得多，故万年一遇洪水数值很大，尤其是一些北方河流，简直大到极不合理的程度。显然，在此情况下，再要求PMF必须大于或不得小于万年一遇洪水就不对了。围绕这个问题，我连续写了多篇文章，并两次上书水电部部长钱正英，一次上书水电部总工程师潘家铮，建议修订有关规范，经两位领导的先后批示，最终在1993年和1994年颁布的行业标准《水利水电工程设计洪水计算规范》（SL 44—93）和国家标准《防洪标准》（GB 50201—94）中取消了上述不合理规定。

（7）1983年秋至1986年，主持编制《黄河小浪底水利枢纽设计洪水报告》，并独自应对（汇报、答辩）国内外专家五次审查，均获通过。特别是得

到世界银行特邀而来的美国著名的水文专家王碧辉博士的高度称赞。这项工作为小浪底工程建设提供了支撑。

（8）1987~1994年，黄委会设计院派我参加由水利部主持的国家标准《防洪标准》的编制，使我对国内外的各行各业的防洪标准有了较全面、系统的了解，从而对设计洪水与防洪标准之间的关系有了较为明确的认识。

（9）1991年退休后，受黄委会设计院规划处返聘，得到处领导的热情支持，经黄委会副主任陈先德批准同意立项，并给予经费支持，开展《可能最大暴雨和洪水计算原理与方法》的编写工作。这中间多次出差北京、南京、武汉广泛收集资料，征求大批专家的意见。光差旅费和打字印刷开支都不小。

（10）1999年《可能最大暴雨和洪水计算原理与方法》（92.4万字）编写完成，由规划处出资，中国水利水电出版社和黄河水利出版社联合出版。本书全面系统地总结了中国1958年以来在PMP/PMF方面的生产实践经验和研究成果，同时详细介绍了作者一系列新的独特见解。此外，还介绍了1980年以来国外在此领域的新进展。书中纳入了国内外六千余组特大暴雨/洪水数据。

（11）2000年6月20日，黄委会受河南省科委的委托，在北京组织专家（其中包括潘家铮、刘昌明、徐乾清和丑纪范四位院士，陈家琦、梁瑞驹、金光炎、胡明思、杨远东、董增川、贺北方、黄自强和吴致尧等九位教授）对专著研究报告进行鉴定。鉴定认为，该项成果做到了四大结合：分析计算与工程特点相结合、水文与气象相结合、定性与定量相结合、成因与统计相结合。

专家总评价：总体国际先进，部分国际领先。

徐乾清院士对设计院原院长席家治说："你们这样好的研究成果，应该在国际上好好宣传一下，扩大中国的影响。"

于是我在2000年7月19日把专著用特快专递的形式邮寄给联合国教科文组织（UNESCO）和世界气象组织（WMO）。

（12）2000年8月4日，WMO水文水资源司司长阿斯库（Arthur Askew）给我回信，说："显而易见，这本书所汇集的技术方法和资料，都是十分宝贵

的。毫无疑问，世界上从事PMP/PMF研究的广大机构，都将从你的著作中受益匪浅。"为使这本著作得到更为广泛的传播，他建议我去修订WMO的《PMP估算手册》。我收到WMO的邀请信后，第一个给规划处处长张会言汇报，他很高兴，大力支持，并建议我赶快向院长汇报。我向沈凤生院长汇报后，他特别高兴，要我马上去北京，向水利部汇报，争取出国参加会议，接受任务。

此事得到水利部和中央气象局的大力支持。

徐乾清院士得知此事后，非常高兴，他说："这件事一定要找个明白人来办，不能办砸了。办成了，我们再来开会庆祝。"

结果，在黄委会原总工程师吴致尧和设计院院长沈凤生的努力下，水利部国科司司长董哲仁特批我作为中国政府代表团的成员赴尼日利亚参加WMO的国际大会。

（13）2000年11月，赴尼日利亚参加WMO水文委员会（CHy）第11届大会。

水利部水文局局长陈德坤作为参加WMO会议的中国政府代表团团长和善于搞外交的代表团成员刘恒共同努力，在WMO大会上与WMO秘书处密切配合，把此事办得很好：WMO大会决议中国王国安为WMO的PMP/PMF专家负责主持修订WMO的《PMP估算手册》。

在这次会议上，UNESCO的代表曼达利亚（L.Mandalia）当面告诉我："您的书非常好，UNESCO拟把它译成英文出版。"随后，UNESCO水科学司司长纳吉（A.Szöllösi-Nagy）给我发来传真，确认此事。

（14）2001年初，黄委会首次提名推荐我为中国工程院院士候选人。以后2003年和2005年又两次提名我为院士候选人，这充分表现了黄委会和设计院的领导同志鄂竟平、李国英、沈凤生、李文学等对我的关爱、信任和大力支持。

（15）2001年2月，黄委会副总工程师薛松贵建议我再写一两本书，增加入选院士的条件。于是我立即动手编写，在2002年底，我又出版了《水文设计成果合理性评价》（47.7万字）和《水文定理、定律和假说初探》（16.5万字）两本具有原创性质的学术专著。出版经费分别由黄委会和设计院承担。这两本

书都具有较高的学术价值。前者更具实用价值，深受读者欢迎。

（16）2001年9月，赴日内瓦WMO总部，参加WMO水文委员会第11届全部专家（共12位）工作计划协调会议。规划处王煜（现任规划研究院院长），为办理出国手续，起了特殊的作用（使出国成为可能，并担任翻译）。

我为世界气象组织（WMO）所做的工作

在2001~2004年之间，我为WMO所做的工作有如下四大项。每项成果都译成了英文，而且中英文都是经过多次反复修改才定稿。

（1）主持修订了WMO的《PMP估算手册》（约53万字，中文，下同）。

为便于WMO组织国际PMP专家对我提交的这本《PMP估算手册》的送审稿进行审查，我还编写了以下七篇具有论文性质的文章（共约5万字）作为附件：

① 1986年以来一些国家和地区在PMP/PMF方面的实践；

② 国际上PMP/PMF的发展和实践；

③ 可能最大降水估算手册第二版修订说明；

④ 论美国PMP/PMF估算方法基本框架的合理性；

⑤ 美、中PMP/PMF估算方法基本框架比较；

⑥ 世界已知最大点雨量及其外包线公式；

⑦ 世界已知最大洪水及其外包线公式；

并于2003年9月将这七个附件与手册送审稿一起，用光盘的形式，邮寄给WMO秘书处。

（2）参与修订WMO的《水文实践指南》（由第五版变成第六版）。

按WMO秘书处的分工，我负责完成修订该书的第29章（暴雨分析，主要内容为PMP）和第53章（设计洪水估算）。我按期于2003年7月完成了此项工作（约3.4万字）。在这两章中简要地介绍了中国的先进经验。

（3）为WMO编写了编制《设计洪水估算手册》的编写提纲。

由于我是WMO水文委员会（CHy）第11届大会的可能最大降水（PMP）和洪水（PMF）的专家。2004年10月要在日内瓦召开CHy第12届大会。2004年3月，WMO问我对下一届工作有何建议。经多方查证，我确认WMO缺少一本最重要的手册——《设计洪水估算手册》。因此，拟建议WMO新编一本这样的手册，同时打算自愿承担这一艰巨的任务。经与多位专家（按联系的先后次序为：刘恒、徐乾清、陈家琦、叶永毅、陈志恺、陈清濂、刘一辛、孙双元、王家祁、刘国纬、文康、杨远东、郭一兵、宋德敦、吴正平、马秀峰、金光炎）商量。大家一致认为，这个建议太好了！因为这个建议如果被WMO采纳，就可以把中国五十多年的设计洪水经验，全面系统地介绍给世界。其实，中国在设计洪水领域早已处于世界领先地位，只是无人用外文系统地介绍给世界，致使外国人并不知晓。鉴于此事意义重大，不少专家建议，最好先写个《设计洪水估算手册》的编写提纲，让WMO能够较具体地了解中国设计洪水的大致内容，便于决策。为此我花了约三个月的时间，查阅了国内外大量文献，反复征求了29位专家的意见，四易其稿，于当年7月初写成了这个提纲（其篇幅为A4纸17页，计8篇32章181节6个附录，内容十分全面系统），并向水利部国科司和水文司汇报后，用电子邮件发送给WMO的各级官员，同时抄送给水利部水文和国科两司以及联合国教科文组织（UNESCO）和国际水文科学协会（IAHS）的有关负责人。

2004年7月19日，WMO水文水资源司司长泰吉（Avinash C. Tyagi）给我发来了电子邮件，表示：①WMO考虑接受我的建议；②准备在10月份于日内瓦召开的CHy第12届大会上，为此事通过一项决议；③希望我能参加日内瓦会议。

（4）应WMO的邀请撰写学术报告论文。

鉴于我对可能最大降水有较全面深入的研究，WMO水文水资源司司长泰吉于2004年8月26日给我发来传真，他代表CHy第11届大会主席鲁塔学亚（D. G. Rutashobya）邀请我在CHy第12届大会上作一个学术报告。报告题目是："可能最大降水：途径和方法"。为此我经过反复思考，精心撰写了此一论文（约8000字），于9月中旬发送给WMO秘书处。

世界气象组织（WMO）的评价

1.在加拿大伯灵顿会议期间

2004年10月4~8日，WMO在加拿大伯灵顿（Burlington）召开有美国、澳大利亚、加拿大、巴基斯坦和阿根廷的7位代表参加的国际PMP专家会议，对我提交的WMO《PMP估算手册》（第三版）送审稿进行审查，由于书稿经过近3年的精心编写，充分反映了当代世界特别是中国PMP/PMF几十年的先进经验，而且在会议期间对专家们所提出的几个重要问题，我都作了科学、风趣的答辩，使专家们对中国的方法一致认可，并建议即将在日内瓦召开的WMO水文委员会第12届大会上予以通过。

在闭幕会议上，会议主席皮隆（Paul Pilon，WMO水文委员会水文预报和预测专家组主席）充满自信地说："修订本新增内容新颖，希望这本手册出版后，能够在世界上使用20~30年，再行修订。"

闭幕会结束后，澳大利亚专家（PMP博士）特意前来非常友好地对我说："非常抱歉！在这次会议上，我提的问题最多，你们这么好的东西，我们为啥都不知道？"我说："我的外语水平低，没有参加过国际会议，也没有在国际刊物上发表过文章，当然你们不会知道啰。"他接着说："我担心这本新版手册出版以后，世界上新开展PMP估算的国家和地区，很可能只用中国的方法了。"因为中国方法是针对具体工程推求PMP/PMF，方法物理概念较为清楚，通俗易懂，所需资料较少，工作量相对不大，所需经费也较低。

在这次会议期间，美国资深PMP专家斯里纳（Louis C.Schreiner）对我说："我们并不怀疑中国的方法，有机会我们还想用美国的资料试试。"临别时，他热情地对我说："你的经验很丰富，研究成果也不少（在这次会议开幕时，我向每位专家都赠送了我写的三本专著：《可能最大暴雨和洪水计算原理与方法》、《水文设计成果合理性评价》和《水文定理、定律和假说初探》。

从黄河走向世界

三者均有英文提要和英文目录）。现在美国不再修水库，PMP也很少有人研究了。过几年我就退休了。我担心美国的PMP后继无人。"

2.在瑞士日内瓦大会期间

2004年10月20~29日，WMO在日内瓦召开WMO水文委员会第12届大会（有52个国家参加）。我受WMO特邀在这次大会上作了题目为："可能最大降水：途径和方法"的学术报告。由于我作了认真的准备，论文将世界现行PMP的估算途径和方法，进行了综合归纳，并简明地阐述了各种途径的基本理念和各种方法的基本框架及其优缺点。故这个报告受到大会热烈的欢迎。我还在答辩中，对3个国家（非洲某国、韩国和加拿大）代表的提问，作了科学、精准的回答，从而使与会专家对我刮目相看，为中国人争了光。

学术报告结束后我走下讲台，韩国代表团成员一起向我走来，团长和我热情地握手，并向我对他所提问题作了很好的回答表示感谢。WMO水文委员会第10届主席、德国老教授贺非斯（K . Hofius）在大厅外见到我很高兴地对我说："您对PMP的理论发展做出了很大的贡献。"

在这次大会的第一天，当我与WMO的水文水资源司司长泰吉见面时，他紧握着我的手，热情地赞扬我说："您是本届（水文委员会第11届12位）专家中，工作最出色的一位。"WMO水文处处长格拉布斯（Wolfgang Grabs）也很高兴地对我说："WMO对你的工作十分赞赏。"

会议第三天，我去拜会WMO副秘书长颜宏（中国中央气象局原副局长）。他像对待老朋友一样，非常热情地接待了我。一见面就说："我原来以为你已经很老了，但看起来你却很年轻，身体又好。"他说："我知道你的工作很出色。作为在WMO工作的中国人，我们就是希望能多有几个像你这样的人，为中国争光。"他又说："这次WMO特别邀请你来作学术报告，就是认为你经验丰富，理论水平高。""希望你能多培养些年轻人。"

由于我在学术报告中对美国常用推求PMP的方法（概化估算法）作了较科学的概括，并对美国专家于20世纪60年代初期提出的统计估算法，从理论上进行

　　了提升，同时在报告答辩时表现不俗，故美国代表团的专家对我十分友好。在这次会议期间一个星期日的下午，我们中国代表团去参观了日内瓦市的一座教堂，在参观结束后出门时，恰好与美国代表团相遇，他们中一位年龄较大的专家，主动上前，热情地对我说：How are you（您好），接着亲自打开大门，用一只手扳着大门（因门系自动关闭式的弹簧门），一只手示意，笑着请我先出去。这突如其来的场面，使我受宠若惊，连声道谢。

　　在本届日内瓦大会上，我主持修订的《PMP估算手册》获顺利通过。大会最后决议的7.0.6项说：

　　"委员会指派可能最大降水（PMP）和洪水（PMF）专家王国安先生（中国）'修改和更新PMP/PMF最佳实践手册'。该专家在一些辅助专家的帮助下准备了WMO第332号出版物（第一号业务水文报告），即《可能最大降水估算手册》的第三版。委员会赞赏地审议了专家撰写的报告并建议采取必要的后续措施来出版该手册。委员会赞赏中国政府在推动该专家的工作方面所提供的支持"。

　　在这次会议结束后不久（即11月25日），WMO的最高领导人——秘书长伽洛德（M.Jarraud）亲笔写信给我说："这次大会的与会者，公认你的报告非常好（Very Well），并对我表示'诚挚的感谢'。"

　　下面简单介绍一下，PMP的创始国美国主管PMP的机构——美国天气局的官员对我工作的评价：

　　2004年12月9～10日，在由水利部主办，于南京召开的由中美两国专家参加的《水文频率分析新技术、新方法研讨会》期间，美国天气局水文气象设计研究中心主任波宁（Geoffrey M.Bonnin）在大会上作报告，回答河海大学詹道江教授的提问："美国PMP研究最近十多年来有何进展"时说："美国由于不再新建水库工程，所以已很少有人研究PMP了。然而幸运的是，中国还有些人在深入研究PMP。现在中国人负责修订了WMO的《PMP估算手册》，今后美国搞PMP工作，还要向中国寻求帮助。"（当然，这可能是谦逊之词）

在这次会下，我和波宁主任交谈时他说："我知道，你对PMP的研究很深（在会前，我已送给他我写的三本专著），欢迎你到美国工作。"

饮水思源：回报黄河

由于黄委会五十多年来对我的培养、关爱和大力支持，使我能够写成集中国PMP/PMF的理论与经验于一体的专著：《可能最大暴雨和洪水计算原理与方法》，并凭借这本专著有幸走向世界，为国争光。这是我做梦也不曾想到的事。故我在2001年黄委会第一次推荐我为中国工程院院士候选人时，我就暗下决心，要把我收藏的黄河奇石捐赠给黄河博物馆。随着时间的推移，国际国内对我技术成就的赞美、肯定愈多，我捐赠的决心愈大，收集黄河奇石的热情也愈高。终于在我80岁生日（2010年8月10日）时实现了捐石之举，了却了多年的心愿。

最后，我要特别感谢黄河水利委员会和黄河勘测规划设计有限公司的各级领导同志，对我捐石之举的高度重视和热情赞誉。

2010年12月

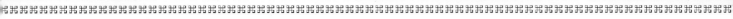

王国安先生捐赠 黄河奇石集

全家福

114

后 记

　　著名治黄专家王国安先生将自己多年收集、珍藏的黄河奇石捐赠给黄河博物馆，这一义举得到黄河水利委员会的高度重视，主任李国英（现任水利部副部长）、工会主席郭国顺等领导数次批示要做好"陈列和保存工作"。2010年8月4日，黄河博物馆邀请河南省著名奇石鉴定专家卫斌、杨德恭、张兴辽、刘福元组成专家组对王国安先生捐赠的黄河石进行了鉴定和定级。2010年8月10日，在王国安先生80华诞之际，黄河水利委员会举办了隆重的捐赠仪式，并对王国安先生予以表彰。

　　为使王国安先生捐赠的这批黄河奇石能够得到永久保存和有序传承，同时也让更多的社会民众了解极富魅力的黄河奇石文化，激励更多的有识之士投身黄河博物馆慈善事业，教育后人，我们编辑出版了《王国安先生捐赠黄河奇石集》一书。本书的整理、编辑、出版历时近两年时间，得到了黄河水利委员会及新闻宣传出版中心各级领导的关怀和支持，凝聚了许多人的辛勤努力和付出。新闻宣传出版中心骆向新主任对黄河奇石的定名、编排体例等提出了具体的指导意见，要求出版的画集达到"规范性、知识性、科学性、艺术性"的完美统一。黄河博物馆统一策划安排，王建平、张怀记、丁宏伟、邓红、薛华、赵博等协助王国安先生对黄河奇石进行定名、图片整理、尺寸测量等烦琐工作。董海亮、朱卫东、张钊、张卫军等同志还冒着酷暑对每一块黄河奇石进行拍摄，出版中心黄宝林还提供了捐赠仪式的图片，黄河水利出版社的编辑也做了大量工作。其他参与此项工作的同志不再一一列举，在此，对他们表示衷心的感谢！

　　最后，作为黄河奇石的收藏单位，我们再一次对黄河奇石的捐赠者王国安先生表示衷心感谢，他这种热爱黄河、热爱黄河事业、热爱黄河博物馆的赤子之心以及崇高的品格和精神永远值得我们感佩、赞赏和学习。

编　者

2012年8月10日